Lieb mich, ich bin die Böse!

1

Artwork: **Akari Hoshi**
Story: **Izumi Okido**
Character Design: **Hayase Jyun**

Inhalt

— **003** —

Kapitel 1

— **029** —

Kapitel 2

— **057** —

Kapitel 3

— **087** —

Kapitel 4

— **111** —

Kapitel 5

— **137** —

Kapitel 6

— **163** —

Der Moment, in dem das Eis bricht

In meinem nächsten Leben wollte ich als vornehme Schurkin wiedergeboren werden.

Die Gegenspielerin in meinem geliebten Romance Game ...

... heißt Alicia.

... und ist eine unfassbare Schönheit ...

... mit schwarzem Haar und goldenen Augen.

Sie stammt aus dem Hochadel ...

Obwohl sie als Schurkin die Heldin schikaniert ...

Denn die Heldin zu mögen, ist mir schlichtweg unmöglich.

... bewundere ich diese willensstarke Figur ...

... und sympathisiere mit ihrer gnadenlos scharfen Zunge.

... spielt mit dem Herzen des Prinzen, indem es ein unschuldiges Engelsgesicht aufsetzt.

Die Heldin wird ausnahmsweise als einzige Bürgerliche an einer Zauberschule für Adelige aufgenommen.

Alle meine Freundinnen sagen, sie wären gerne die Heldin und möchten wie sie geliebt werden.

Meine Wahl jedoch, sollte ich selbst einmal sterben und wiedergeboren werden ...

Dieses brave Mädchen, das nichts als hohle Phrasen drischt ...

... fiele definitiv auf diese vornehme Schurkin!

Kapitel 1

Dass ich einmal so dachte ...

... ist mir gerade wieder eingefallen.

Ich heiße Alicia und bin ...

... sieben Jahre alt.

Ich habe nacht-schwarzes Haar und goldene Augen ...

Ohne jeden Zweifel befinde ich mich in der Welt besagten Games. Meine netten älteren Brüder sind Love Interests, die erobert werden können.

Bis gestern hegte ich keinerlei Verdacht, doch die Namen sind dieselben wie aus dem Videospiel in meinem vorherigen Leben.

... und bin die älteste Tochter des Hauses Williams, das dem Hochadel angehört.

Guten Morgen, Rose!

Hurraaaa!!

Lange Rede, kurzer Sinn: Ich wurde als adelige Antagonistin wiedergeboren!

Huch?! Miss Alicia?!

Tja...

Sie war so hochmütig, dass es sogar ihrer Familie die Sprache verschlug...

... und sobald sie den Mund aufmachte, kam nur Gemecker raus.

Wie überrascht sie ist!

Aber kein Wunder. Sie zu grüßen oder früh aufzustehen, hätte die Alicia von gestern niemals getan.

... auf Nimmerwiedersehen, mein altes Ich!

... um zur größten Schurkin der Welt zu werden, die in die Geschichte eingeht!

Ab heute gebe ich mein Bestes ...

Die weltgrößte Schurkin muss auch körperlich was draufhaben!

Zeit, ordentlich dafür zu lernen!

Es gibt eine ganze Menge zu tun.

In dieser Welt gibt es Magie.

Allerdings kann sich nur der Adel ihrer bedienen.

Da es für den Schwertkampf erst mal Muskeln braucht, beginne ich mit dem Zaubern.

Finsternis, Licht, Wasser, Wind und Feuer sind die fünf Hauptelemente.

Die Williams sind hervorragende Zauberer der Finsternis. Sie gehören den Fünf Großen Adelshäusern an.

Als weltgrößte Schurkin in spe muss ich auch eine vollendete Zauberin sein!

Doch trotz meines angeborenen Talents fehlt mir die Übung, um diese Kräfte zu nutzen.

Zuerst ...

... werde ich mir die Zauberei aus den Büchern aneignen!

Hundert
Sit-ups
...

...
und
fünfzig
Liege-
stütze
...

...
sind
echt
hart!

ぶるっ
Zitter

ぶるっ
Zitter

...
hat über-
haupt keine
Muckis!

Dieses
Weichei
Alicia
...

Ich
lerne
...

...
Schwert-
kampf und
werde
...

Aber ich
schaff
das!

...
zu einer
Schurkin,
die in die
Geschichte
eingeht!

Zamm
しゅぼ

ち

Tschilp
チュン

Tschilp
チュン

Heute absolviere ich zuerst ...

Kein Muskelkater ...

... das Krafttraining.

... den Pfad der Finsternis zu beschreiten!

て き Ruck

は き Zuck

Der Morgen ruft!

Auch heute werde ich alles daransetzen ...

Das klappt ja wie am Schnürchen!

Gwumm

Gwumm

Huch?

Auf diese Weise ...

... stählte ich sieben Tage lang meinen Körper ...

Ach, egal.

Nach dem Frühstück geht's direkt in die Bibliothek!

Vielleicht finde ich heute ein Zauberbuch.

Dabei war es gestern noch so schwer.

Sehr seltsam.

Weil ich mich in der Welt eines Videospiels befinde?

... altes Leben erinnert.

Vor einer Woche hatte ich mich wieder an mein ...

... frage ich mich schon, weshalb die Alicia aus dem Game so gar nichts auf die Reihe bekommen hat.

... solche Riesen-fortschritte mache ...

Aber wenn ich ...

Inzwischen macht meine Familie sich Sorgen ...

... ob mit mir alles okay sei.

Wo steckst du den ganzen Tag?

... stehst du immer so früh auf, Alicia.

In letzter Zeit ...

Das ist geheim.

Lächel

Wie eine richtige Schurkin!

Sieht es nicht aus, als führte ich etwas im Schilde?

Das sind doch ...

Huch?

Summ

Summ

So! Heute ist es endlich so weit!

Mein Schwert-training beginnt!

Master Eric mit seinen feuerroten Haaren ...

... Figuren aus dem Game, die man er- obern kann!

Eric (10)
aus dem Hause Hudson
Element: Feuer

Master Finn mit seinen leuchtend blon- den Haaren ...

Finn (10)
aus dem Hause Smith
Element: Licht

... und Master Curtis mit seinen zusammengebundenen tiefgrünen Haaren.

... Master Gale mit seinen geheimnisvollen grauen Haaren ...

Curtis (12)
aus dem Hause Kenwood
Element: Natur

Der Naturzauber der Kenwoods zählt nicht zu den fünf Hauptelementen.

Gale (12)
aus dem Hause Evans
Element: Wind

Und dann wäre da noch ...

Man sieht sofort, dass ihn eine andere Aura umgibt ...

... und im besten Ende des Games kommt die Heldin mit ihm zusammen.

... Prinz Duke

... der einzige Sohn des Königs.

Duke (12)
aus dem Hause Seeker
Element: Wasser

Ally!

Das ist die Gelegenheit ...

WOW!

Wie süß!

Sie ist deine kleine Schwester?

Du bist sieben? Und so klein!

... um frühzeitig einen schurkischen Eindruck zu hinterlassen.

Sst

Flirr ピクッ!

Die größte Schurkin in spe darf auf keinen Fall für eine kleine Göre ohne Manieren gehalten werden.

Aber dieser Moment ist entscheidend.

Sie sehen so viel besser aus als ich!

Ich bin Alicia.

?!

Du bist ganz anders, als deine Brüder dich beschrieben haben.

Sie ist total launisch und eigensinnig.

So klein und schon so gewissenhaft.

Ach was!

Aber nur, wenn du jeden Tag Situps und Liegestütze machst.

Und du hast mir versprochen, mich ab heute zu trainieren!

So ist es!

Erst neulich wollte sie urplötzlich Schwertkampf lernen.

Du glaubst mir nicht, oder?

Wenn das so ist...

Das habe ich auch!

しん・・・
stille

ゴロ
Roll

Ich hab dir doch gesagt ...

... dass du dich nicht über mich lustig machen sollst!

...

Poch ドキ
Poch ドキ

Aber ich werde mich trotzdem nicht verlieben.

Tatsächlich ist er voll mein Typ.

Wenn er mich so freundlich ansieht ...

Schließlich weiß ich, dass er eines Tages mit ihr zusammenkommen wird.

Die Romanzen überlasse ich dir, Heldin!

... macht es mich ehrlich gesagt ganz nervös.

Denn mein Traum ist es ...

... als Schurkin in die Geschichte einzugehen!

Kapitel 2

Eine Stunde zuvor ...

Bruder-herz!

Da bin ich endlich!

Trapp

Sieh an! Ein neues Kleid!

Darin siehst du richtig erwach-sen und hübsch aus.

Oh!

Aber das ist doch meine erste Ein-ladung.

... obwohl wir nur zu Finn fahren?

Du hast dich so zurecht-gemacht ...

Vielen Dank!

Eine Schur... Ich meine ... eine Dame ...

... muss Wert auf ihr Äußeres legen, wenn sie jemanden besucht.

Es hatte nicht die geringsten Anstrengungen unternommen, um eine Antagonistin zu werden!

Tatsächlich war mein altes Ich ganz schön schlimm.

Huaaaaah

Hm? Findest du?

Und wie.

Ja.

Du hast dich wirklich sehr verändert, Ally.

Ernsthaft?!

Ich hörte, dass du dich mittlerweile auch morgens selber zurechtmachst.

Ach ja.

... kann ich mich gar nicht genug ins Zeug legen.

Da ich als Schurkin in die Geschichte eingehen will ...

Dass ich mich an mein altes Leben erinnern konnte, war echt Glück.

Alicia?!

Sst
スッ

Wosch

Seine Majestät, der König ?!

Sieh mich an.

Er ist es wirklich! Wie viel Würde er ausstrahlt!

Aber was macht er hier?!

Echt jetzt?!

Wupp

... aber was will er eigentlich?

Es ist nicht so, als hätten wir keine Probleme ...

Durkis ist eine Großmacht!

Unsere Wirtschaft ist stark, und auch die Beziehungen zu unseren Nachbarländern sind vergleichsweise stabil.

Die Situation unseres Landes?

Damit sind Wirtschaft und Politik gemeint, nicht wahr?

Was wird hier gespielt?

Das ist doch keine normale Frage an ein achtjähriges Kind!

Der König hat sich eigens auf den Weg gemacht, um mich zu sehen.

Stellt er mich etwa auf die Probe?

Worauf zielt er mit dieser Frage ab?!

Eine »brave« Heldin wäre niemals damit einverstanden ...

... sich zum eigenen Vorteil eines anderen zu bedienen.

Aha.

... durch den Handel, sagst du?

Wir etablieren Beziehungen zu Carbera, die uns zum Vorteil gereichen, und profitieren ...

Ffh

Ich werde mich nun verabschieden.

Wenn ich so weitermache, kommt es unweigerlich zu einem Konflikt.

Alicia!

Unser Gespräch war mir ein Vergnügen.

Ich fühle mich geehrt.

Das wird der Moment sein, in dem ich den Pfad der schlimmsten aller Schurkinnen beschreite!

Vielen Dank!

Husch
そくさ

Magst du Kuchen? Es gibt auch Kekse.

Unglaublich! Das liebe ich alles!

Mjaa aam!!

Hi hi

Ach! Das Dorf Roana ist gar nicht mal ...

... so weit weg.

Durch den Wald hinter unserem Anwesen könnte ich es erreichen.

»... so hart, dass sich die Menschen nicht einmal Brot für den nächsten Tag kaufen können ...«

Roana soll das ärmste aller Dörfer sein.

Obwohl ich das dem König gegenüber behauptet habe ...

... stammt mein Wissen ausschließlich aus Büchern.

Kommt überhaupt nicht infrage!

Zu gefährlich!

Und nun zum größten Problem!

Eine Schurkin darf nicht so verkopft sein ...

Ich werde niemals die Erlaubnis dazu bekommen!

... sondern muss sich alles mit eigenen Augen anschauen.

Ich habe mich schlafend gestellt und mache jetzt ... die Biege.

Kija Kija
Lins

Kija Kija
Lins

Bamm

In dem Fall ...

... bleibt mir nichts anderes übrig, als mich rauszuschleichen!

Rausch

Uh ...

Dunkel ...

Junge Dame.

Zuck

Was machst du hier?

Patt

Seine Augen ...

Du kommst von außerhalb, nicht wahr? Kehr sofort heim.

Ich dachte, dass ich mir das hier ...

Seltsam.

Obwohl er an so einem Ort wohnt ...

... strahlt er Wärme aus.

... mit eigenen Augen ansehen muss.

Lieb mich,
ich bin die
Böse!

Ich bin Will.

Einfach nur Will.

Ähm ...

Wer seid Ihr überhaupt?

Kapitel 3

.Adliges Fräulein?

Ihr könnt sehen?

... würde ich lieber hören, was ein adliges Fräulein an so einem Ort zu suchen hat.

Aber anstatt über mich zu reden ...

Obwohl ich blind bin, bekomme ich eine Menge mit.

Atmung, Gang, das Rascheln der Kleidung, Düfte ...

Nichts an dir gehört in dieses Dorf.

Oh! Tut mir leid.

Wie unhöflich.

Ist schon gut.

Schon klar, dass er sich meinetwegen Sorgen macht.

Ich lasse mich nicht davon abbringen.

Dieser Ort ist gefährlich.

Tu das nicht.

Ich ...

... komme sicher wieder.

Wenn du unbedingt darauf bestehst ...

Jemanden wie ihn gibt es nicht noch mal.

Aber ich möchte ihn wiedersehen.

... dann nachts.

Danach vergingen zwei Jahre.

Ich übte mich weiter im Schwertkampf, las Bücher ...

... und besuchte nach jener Nacht immer wieder den alten Will.

Was sich verändert hatte ...

Wo ist Alan?

Selbst Zwillinge machen nicht alles gemeinsam?

Er muss noch lernen.

Schließlich bist du schon zehn!

Alicia! Hast du Lust, heute in die Stadt zu fahren?

Hey! Nur ihr beide?

Auf keinen Fall! Ich komme mit!

Oh!

Ich hätte tatsächlich Lust dazu!

Bestimmt ist sie auch Prinz Duke begegnet ...

... und hat ihm womöglich schon ein wenig den Kopf verdreht ...

Auch die Heldin müsste in diesem Jahr auf die Akademie gekommen sein.

... auf die Zauberakademie kam, in der das Game spielt.

... war der Umstand, dass mein großer Bruder Albert mit fünfzehn ...

Auch das Benehmen einer Schurkin ist mir schon in Fleisch und Blut übergegangen.

Hi hi ♪

Boah!

Was ist das für ein Geschäft?

Möchtest du dir etwas Bestimmtes ansehen?

Wie lebendig ...

... und geschäftig es hier zugeht!

Ein Pflanzenladen!

Ich kenne den Inhaber.

Aber meine Brüder wurden in meinem Alter schon geprüft.

Alicia ist erst zehn.

Sie durfte keine einzige Prüfung ablegen?

Ich dachte, kein Geschlecht wäre ausgeschlossen.

Du bist doch ein Mädchen, Ally.

Oh ...

Es geht eben nicht!

Jetzt hör endlich auf damit!

Dann musst du es mir so erklären, dass ich es verstehe.

Kabonk

Patamm

Dschumm しお

Ich sehe euer Verbot nicht ein ...

... und werde auf keinen Fall nachgeben.

Watsch パン

Tut mir leid ...

... dass ich so gebrüllt habe ...

Diese Szene ...

... wird einer Schurkin doch ziemlich gerecht, oder?

Schnaub ふ〜す！

Genau.

Ich habe sie unwillkürlich angebrüllt ...

Komm auf keinen Fall wieder, solange es noch hell ist.

Schieb

Wozu willst du zu ihm?!

Bring dich selbst in Sicherheit!

Ihr seid ganz blass ...

Ist etwas passiert?

Trappel

Trappel

So was!

Miss Alicia?!

Stier

Auch Euer Kleid ist völlig verdreckt ...

Ro-setta ...

Danke dir.

Oh! Und heiße Milch!

Soll ich Euch etwas zum Umziehen bringen?

Seid Ihr auch nicht verletzt?

Es ist nichts.

Alles gut.

Aber kümmere dich nicht um mich.

Ich möchte allein sein.

Nein.

Bist du's, Alicia?

Guten Abend ...

Komm herein.

Knarz

Dieses Dorf wurde errichtet, um Verbrecher zu verbannen ...
... und auch die hier geborenen Kinder sind für immer als Verbrecher abgestempelt.
Es ist hart ...
... aber wir können nichts daran ändern.
Du darfst dir keine Vorwürfe machen.
Alicia ...
...
Ein sorgenfreies Leben ...
Ein ausgezeichnetes Umfeld, um sich zu bilden ...
Eine liebe Familie ...
Allein der Geburtsort macht einen gewaltigen Unterschied aus.

Lieb mich,
ich bin die
Böse!

... all die Jahre richtig angestrengt, um einmal eine große Schurkin zu sein ...

Ich dachte, ich hätte mich ...

... aber es steckte nichts dahinter.

... doch als es darauf ankam, war ich machtlos. Ich habe mir etwas auf meine vermeintlichen Mühen eingebildet ...

Das nächste Mal werde ich keine Kompromisse eingehen, nur weil ich noch klein bin.

...

Um zur weltgrößten Schurkin zu werden ...

Eine Schurkin ...

... werde ich mich einem knallharten Training unterziehen!

Schließlich muss die größte Schurkin über ein profundes magisches Wissen verfügen!

... aber jetzt habe ich keine Lust mehr, meine Zauberstudien auf die lange Bank zu schieben.

... habe ich mich durch alle möglichen Bücher gearbeitet ...

So! Da auch nichtmagische Bildung wichtig ist ...

Bibliothek des Hauses Williams

Ich werde die Zauberbücher finden, und wenn ich das Anwesen auf den Kopf stellen muss!

... bedeutet wohl, dass solche Bücher gar nicht hier stehen.

Dass ich nach drei Jahren kein einziges Zauberbuch gefunden habe ...

Aber außer dieser Bibliothek gibt es nur noch die persönlichen Bücherregale ...

Such
きょろ

Such
きょろ

Miss Alicia!

Euer Herr Vater möchte Euch sehen!

Mein Vater?

Miss Alicia!

Wie ungewöhnlich.

Ich komme gleich.

Alicia ...!

Joan
Oberhaupt des
Hauses Evans
von den Fünf Großen
Adelshäusern

Der
Prinz er-
zählt mir
oft von
dir ...

... aber
wir begeg-
nen uns erst
zum zweiten
Mal persön-
lich.

Neville
Oberhaupt des
Hauses Smith
von den Fünf Großen
Adelshäusern

Verzeih,
dass ich dich
so plötzlich
sehen wollte
...

Ich
möchte
dich heute
etwas
fragen.

Es
dauert
auch
nicht
lange.

Derek
Oberhaupt des
Hauses Hudson
von den Fünf Großen
Adelshäusern

Was
ist das
für eine
Frage?

Alicia.

Magst
du unser
Land?

Ach! Worum
mag es gehen,
wenn sie über
mich reden?

Vielleicht
wird mein
Ruf als Schur-
kin immer
größer!

Ist irgend-etwas vorge-fallen?

Oder will er meinen Patriotismus auf die Probe stellen?

Ich formu-liere die Frage um.

Was sagst du zur Vor-gehens-weise unseres Landes?

Die Fragen des Königs sind immer so undurch-sichtig.

Ich ver-abscheue die Vorzugs-behandlung des Adels.

Wie lautet die korrekte Antwort als Schurkin?

Du verab-scheust ... sie?

Ja. Von ganzem Herzen.

So ein System ist doch idiotisch!

?!

... den Standesunterschied und beim Gedanken, wie viele Talente durch diese große Torheit ...

Magie besiegelt ...

... verloren gehen, bekomme ich Kopfschmerzen!

Der Pöbel kann noch so fähig sein ...

... aber weil er über keine Magie verfügt, bekommt er nicht einmal eine Chance.

... aber hast du deiner Tochter keine Manieren beigebracht ...

... Arnold?

Ihre Kühnheit ist beeindruckend ...

Ich habe noch nie so eine mutige junge Dame gesehen.

Sie ist doch nur ein kleines Mädchen.

Halte endlich deine Zunge im Zaum!

Ach, komm. Brüll sie nicht so an ...

Nun ja ...

In der Tat ...

ズキン
Zing

ズキン
Zing

Puh. Könnten sie bitte etwas leiser reden?

Mir dröhnt immer noch der Schädel ...

Stimmt.

Vater ...

Es wird Zeit ...

...

Ob meine Haltung auch richtig gerade ist?

Hm?
Du bist wirklich ein ungewöhnliches Mädchen.
Du darfst dich jetzt zurückziehen.
Bis zum nächsten Mal.
Ja.
Ich empfehle mich.
Endlich ist es vorbei ...
Ich bin mir unsicher, ob ich ...
... als Schurkin richtiglag.
Was habe ich eigentlich am Ende gesagt?
Schwank
Für heute sollte ich Feierabend machen ...
Oje.
Schwank
Der Boden schwankt irgendwie ...
Huch?

Miss Alicia?!

Was ist geschehen?!

Das übernehme ich.

Gwit

Ich rufe einen Arzt!

Ich kann nicht mehr denken

Warum veranstalten sie so ein Geschrei?

Ich schwebe.

•••

Trink die Medizin, wenn du aufsitzen? wach bist.

Alicia! Bist du wieder bei Bewusstsein?

Was macht er in meinem Zimmer?

Prinz Duke?

Ich schaff's nicht.

Kannst du aufsitzen?

Mir fehlt die Kraft.

Kapitel 5

Ab jetzt werde ich mich nie wieder übernehmen ...

... und zuverlässig den Weg der Schurkin beschreiten.

Gnn

Und deswegen ...

Bamm

... habe ich heute vor, die Zauberakademie zu infiltrieren!

Ob das größte Gebäude dort drüben das Schulhaus ist?

ずん
Stapf

Mein Ziel ist die Heldin.

Im Game würden wir uns erst viel später treffen ...

... aber genau deswegen will ich jetzt schon Informationen über sie sammeln!

ずん
Stapf

Das ist doch die Heldin!!

Eine Bürgerliche...

Ach ja!

Ich bin eine Bürgerliche.

Was?! Bin ich etwa schon am Ziel?

Meine Familie betreibt eine Bäckerei in der Stadt!

Ich bin Alicia!

Sst

Wie dem auch sei!

Sie ist...

Das also ist die Heldin...

?

Aber ihre Haarfarbe?

Und, äähm...

Du bist...?

Schwarze Haare, wie ich, die Schurkin aus dem Adelshaus!

...meine vorherbestimmte Rivalin!

Was soll diese über- triebene Vertrau- lichkeit?

Plick
ピキ
っ

Also dann.

Wollen wir los, kleine Alicia? ♪

Gwit
きゃっ♡

Was denkt sie sich dabei?

Sie sollte wissen, wo ihr Platz ist!

Das kann ich ihr aber schlecht sagen ...

Noch ist sie mir viel zu weit voraus.

Sie hat sich für alle Ele- mente qua- lifiziert ... ... und wurde nach einem Training in der Zauber- akademie auf- genommen.

Aufgrund ih- rer Herkunft wurde sie be- stimmt auch ungerecht behandelt.

Schleich

Hier laufen mehr Schüler herum, als ich dachte ...

Ist gerade Pause?

Das schränkt meinen Radius ziemlich ein.

Die Bibliothek Nummer zwei ...

Ich bin Curtis.

Einer von Dukes Freunden.

Duke!

... doch schon bald fühlten sich alle zu ihrem reinen Wesen hingezogen ...

Wegen ihrer Herkunft war sie wohl der ein oder anderen Schikane ausgesetzt ...

Liz Cather ist ein ganz besonderes Mädchen.

... was wohl kein Wunder war.

Nur für ein Lächeln dieses erstaunlichen Mädchens ...

Obwohl sie eine Bürgerliche ist, ist sie mit einem einzigartigen magischen Talent gesegnet.

... verspüren ihre Mitmenschen das unerklärliche Bedürfnis, alles für sie zu tun.

Sie ist ehrgeizig, fleißig ...

Tuschel

Tuschel

Und zurzeit ist das Gerücht ...

... unverdorben wie niemand sonst und ein herzensguter Mensch.

... über ihre ungleiche Romanze mit dem Prinzen ...

... in aller Munde. Jedoch ...

Aber nein!

Sie ist wie eine Adlige gekleidet.

Hat sich ein Kind aus der Nachbarschaft hierher verirrt?

Aber heute finden gar keine Besichtigungen statt.

Ein Kind?

In der Bibliothek Nummer zwei befindet sich gerade ein Kind, das einfach unglaublich ist.

Ich muss euch was erzählen!

Und dieses Kind ist dabei, eine nach der anderen zu lösen.

An der Tafel stehen doch jede Woche neue Aufgaben!

Vielleicht ist sie jemandes kleine Schwester.

... und ist um die zehn Jahre alt ...

Das Mädchen hat schwarze Haare ...

... dass Duke sich nicht für Liz entscheiden wird.

Ich möchte wetten ...

Sst

Bruder
...

Plopp

Beb
わな
Beb
わな

Wer
...

...
in aller
Welt ist
sie?

Alicia!!

Aber
dafür konn-
te ich heute
die Heldin in
Augenschein
nehmen ...

Eine
Abweich-
lerin?!

Puh!
Ich bin
fix und
fertig!

Ich ver-
stehe gar
nicht
...

...
warum
mir mein
Bruder so
eine lange
Predigt
halten
musste
...

Sie reden von Liz!

Was sagst du?

Wenn irgendetwas passiert, ist es zu spät!

Sie verfügt über außergewöhnliche Fähigkeiten ...

... ist aber nicht patriotisch ...

Hältst du dieses Mädchen etwa für gefährlich?!

Ich sage nur, dass wir sie im Auge behalten müssen.

Stimmt! Im Game werden die hervorragenden Fähigkeiten der Heldin als Gefahr wahrgenommen.

Schwitz

Schwitz

Alicia ?!

Mein Vater und Sir Joan ...?

Mir bleibt nichts anderes übrig ...

... als deine Erinnerungen zu löschen.

Glüh

I... Ich werde ganz bestimmt für mich behalten ...

Wie viel hast du mitbekommen?

Oh ...

Liz Cather?

...

... dass Liz Cather eine Abweichlerin ist!

Bist du ihr denn schon einmal begegnet?

Ach ... Na, so was.

Vielmehr ist sie so ein Gutmensch, dass sie mir schon gegen den Strich geht.

Ähm ...

Schluck

Ups!

Sie erweckt nämlich nicht den Eindruck, als würde sie irgendetwas zum Schaden unseres Landes tun.

Aber ich denke nicht, dass Ihr Euch sorgen müsst.

Dann tu doch bitte so, als hätte dieses Gespräch nie stattgefunden.

Ja, klar.

Dann ist Liz schon so stark ...

... dass sie als Gefahr wahrgenommen wird.

Da darf ich nicht zurückstehen!

Öh!

I... Ich empfehle mich!

Flitz

Lieb mich,
ich bin die
Böse!

Falls du am Leben bleiben und etwas aus dir machen willst ...

... wird dir bestimmt viel Leid widerfahren.

Wie ich schon sagte. Ich habe ...

... damit aus dir ein fähiger Mann wird.

... dich gerettet ...

Lächel にっこり

Leider besitze ich kein so mitleidiges Herz wie eine Heilige.

... werde ich dir von überallher zu Hilfe eilen.

Aber solltest du trotzdem nicht den Mut verlieren ...

... bin ich eine Schurkin!

... tue ich nur für mich selbst.

Dass ich die Verantwortung für dich auf mich nehme ...

Denn schließlich ...

... ich habe gegen Liz gewonnen?

Das heißt ...

Die Worte haben ihn erreicht, weil sie von dir kamen, Alicia.

Würdest du ihn bemitleiden und zu retten versuchen ...

Der Junge ist sehr stolz.

... würde er sein Herz nur noch mehr verschließen.

Nun ja.

... gibt es keinen Sieger, oder?

Aber da wir noch gar nicht gegeneinander angetreten sind ...

Du kommst gerade richtig.

Oh, Alicia!

... werde ich sie als noble Schurkin im offenen Kampf besiegen!

Eines Tages ...

Bei diesem wichtigen Event kommen sich Prinz Duke und die Heldin näher!

Denn vor den beiden Verliebten ...

Wosch

Es muss erfolgreich über die Bühne gehen.

... baut sich die Schurkin auf!

Ihre Herkunft ist tabu.

Stopp! Das geht nicht.

Das wäre unfair.

Wie kann eine Bürgerliche es wagen ...

Und beschimpft die Heldin barsch!

Genau! Als Rivalin in Sachen Liebe sage ich ...

... bin ich !!

Die würdige Partnerin für Prinz Duke ...

Trän ~ro...

Habe ich denn was Schlimmes getan, dass du mich so sehr verabscheust?

Was ...?

Die Stimmung ist gekippt ...

Es stimmt.

Liz hat mir nichts getan ...

... aber ich weiß, dass wir keine Freundinnen werden können.

Nein, aber ich verabscheue sie trotzdem.

Hah

Ach!

Dann ist ja alles gut!

Es gibt doch immer Menschen, mit denen man nicht klarkommt.

Eine Freundschaft zu erzwingen, finde ich unnötig.

Grumpf ~n

... und in meinem alten Leben hätte ich es getan.

Sich jetzt zu entschuldigen, wäre erwachsen ...

Aber ...

Dschumm
しゅん…

Wie siehst du die Sache, Alicia?

... mit ihr weder auf der Bühne stehen noch ausgehen.

Ich will ...

Du hast recht.

Wir dürfen Ally nichts aufdrängen.

Das freut mich!

Vielen Dank, Alicia!

Beim Tee etwas zu plaudern ... ist in Ordnung.

Aber nun ja ...

Sie sind so farbenfroh, niedlich und allein ihr Anblick verleiht Glückskräfte, nicht wahr?

Meine auch!

Dein Lieblingsgebäck?!

Nein, die Nacht.

Magst du den Morgen auch am liebsten?

Macarons.

Was ist deine Lieblingszahl?

Meine ist die Sieben!

Mir schmecken sie einfach nur gut.

Die Glückszahl! ♡

Die Eins.

Stille

Schnapp

Zaubern!

Aber für dich als Schülerin der Zauberakademie ...

... ist es wohl keine große Sache ...

Zau...bern ...?

Genau.

Bis zum Unterricht.

Was ist los?

Wie?

Ich wusste genauso wenig Bescheid.

おろ Schwitz

おろ Schwitz

Was?

Ja, klar.

Bitte behaltet es für euch ...

... keine große Sache daraus machen.

Ich werde es gleich Vater sagen und möchte ...

Tut mir leid ...

... aber können wir für heute Schluss machen?

Wie?

Was hat das zu bedeuten?

Alicia!

Geh erst mal auf dein Zimmer.

Ich soll eine Abweichlerin sein?

Alicia ...

Bei Liz hätte es mich nicht gewundert. Immerhin beherrscht sie alle Elemente.

Aber dass ein Mädchen der Williams den Finsterniszauber beherrscht, ist doch selbstverständlich.

Was in aller Welt geht hier vor?

Dieser Mensch erlangte schon in frühen Jahren gewaltige magische Kräfte ...

Was ...?

Er hat sich zerstört.

Das führte zur Selbstüberschätzung. Nach einem schwierigen großen Zauber ...

... geriet seine Magie außer Kontrolle ...

... sodass er danach nie wieder einen Zauber wirken konnte.

Lieb mich, ich bin die Böse! Band 1 / Ende

Lieb mich,
ich bin die
Böse!

Als mir Prinz Duke das erste Mal begegnete ...

... war sein Blick so eisig ...

... als würde er nicht zu einem Kind gehören.

Ich bin Albert Williams ...

Bibber きんちょう

Er macht mir Angst ...

Ähm ...

Freut mich, Euch kennenzulernen.

... Prinz Duke!

Der Prinz schien sich für niemanden zu interessieren ...

... und wechselte kaum ein Wort mit mir.

Heute hat der Prinz mich schon wieder ignoriert.

Vielleicht schaffe ich es nie, mich mit ihm anzufreunden ...

Gale.

Obwohl er so abweisend war, wurde ich nicht aus seiner Nähe verbannt ...

... und ich gewöhnte mich erstaunlich schnell an ihn.

Taps

Taps

Prinz Duke ist einfach wortkarg.

Keine Sorge!

Ob Vater enttäuscht sein wird?

...

Albert.

Erzähl mir mehr über Alicia.

Sie interessiert mich einfach.

Na ja.

Nur so...

So habe ich Duke ja noch nie erlebt.

Jetzt bin ich platt...

Wie?!

Schwitz

Schwitz

... willst du mehr über sie erfahren?

Warum...

... in aller Welt...

Ist er nur neugierig?

Aber auf welche Weise interessiert er sich für sie?

Dass Dukes Augen so hitzig werden ...

... sehe ich zum ersten Mal.

Oder etwa verliebt?

Als ob ...

Alicia!

Machst du gleich deine Schwertübungen?

Ja.

Seid gegrüßt ... Prinz Duke.

Ich dachte, er wäre jedem gegenüber eiskalt.

Und du kennst Prinz Duke sehr gut, nicht wahr?

Wie ist er denn so?

So wie es aussieht ... scheine ich ihn weniger zu kennen, als ich dachte.

?

Ach wirklich?

Gerade erst habe ich von seinem ganz besonderen Blick erfahren ...

... den er einem einzigen Mädchen schenkt.

Der Moment, in dem das Eis bricht / Ende

Vielen Dank, dass ihr die Manga-Adaption von *Lieb mich, ich bin die Böse!* zur Hand genommen habt! Ob die Schurkinnenhaftigkeit (?) der starken und süßen Alicia bei euch angekommen ist ...?! Die Story wird im Laufe der Zeit immer spannungsgeladener, also freut euch auf die Taten der Schurkin, die in die Geschichte eingehen wird!

保志 あかり
Akari Hoshi

Artwork **Kamada**
Story **Eiko Mutsuhana**
Character Design **vient**

Hallo, ich bin eine
HEXE
&
mein Schwarm wünscht sich einen
LIEBESTRANK
von mir

Hallo, ich bin eine Hexe & mein Schwarm wünscht sich einen Liebestrank von mir

Kamada | Eiko Mutsuhana | vient

Die gute Hexe Rose ist schon lange heimlich in einen königlichen Ritter
verliebt. Doch ihre Träume platzen jäh, als ebendieser Ritter sie bittet, ihm
einen Liebestrank zu brauen! In ihrer Verzweiflung zögert sie die Fertig-
stellung des Tranks hinaus, indem sie ihn nach und nach die verrücktesten
Zutaten dafür einsammeln lässt. Wie wird ihr Schwarm reagieren?

Gespielte Liebe ... oder doch nicht?

Emiko Nakano

Um ihrer verarmten Familie zu helfen, will Rachel sich den reichen Fahad als Ehemann angeln. Leider ist sie im Flirten eine Niete und hat wenig Hoffnung, dass er auf ihre gespielte Liebeserklärung hereinfällt. Doch überraschend sagt Fahad Ja zu einer Verlobung! Allerdings soll Rachel ihm vor der Heirat ihre Gefühle bei romantischen Dates beweisen ...

altraverse

Deutsche Ausgabe / German Edition
Altraverse GmbH – Hamburg 2024
Aus dem Japanischen von Sakura Ilgert

REKISHI NI NOKORU AKUJO NI NARUZO AKUYAKU REIJO NI NARUHODO OUJI
NO DEKIAI WA KASOKU SURUYODESU! Vol. 01
©Akari Hoshi 2020, ©Izumi Okido, Hayase Jyun 2020
First published in Japan in 2020 by KADOKAWA CORPORATION, Tokyo.
German translation rights arranged with KADOKAWA CORPORATION, Tokyo
through TUTTLE-MORI AGENCY, INC., Tokyo.

Redaktion: Anne Faltin
Herstellung: Cathrin Hamester
Lettering: Vibrant Publishing Studio

Druck: Nørhaven A/S, Viborg
Printed in Denmark

MIX
Papier | Fördert
gute Waldnutzung
FSC® C104608

www.altraverse.de